'Úúú!' arsa Daideo, 'scáth báistí atá ann. Bronntanas ó mo chol ceathar, Lil, i Londain.'

Bhrúigh sé cnaipe ar an hanla agus d'oscail an scáth báistí amach go tobann.

'Bí cúramach, a Dhaideo,' arsa a bhean.

'Nach bhfuil sé go hálainn?' arsa Daideo.

Slap! Leagadh an taephota.

Clinc! Briseadh crúsca an bhainne.

Beadúnc! Leagadh an próca marmaláide.

'B'fhéidir gur cheart duit dul amach ag siúl agus an scáth báistí a thabhairt leat,' arsa Dóirín.

An Scáth Báistí

Mary Arrigan
a scríobh agus a mhaisigh

Oiriúnach do pháistí ó 4 bliana go 7 mbliana d'aois

AN GÚM
Baile Átha Cliath

'Féach, féach,' arsa Daideo lena bhean Dóirín, 'thug fear an phoist beartán chugam.'

'Cad tá ann, a chroí?' arsa Dóirín.

Bhí sceitimíní ar Dhaideo. Ghearr sé an corda agus stróic sé an páipéar den bheartán.

'Cibé rud atá ann, tá sé mór,' ar seisean. 'Tá an bosca an-fhada. N'fheadar cad tá ann?'

'B'fhéidir gur iasc domsa atá ann,' arsa an cat buí.

'Féach ar an gcaisleán mór atá déanta agam,' arsa Tomás, an buachaill béal dorais.

'Go hálainn, go hálainn,' arsa Daideo. 'Agus nach álainn an lá é chun caisleáin a dhéanamh. Tá an t-aer go breá úr.'

'Ó, scrios!' arsa Tomás nuair a chonaic sé a chaisleán á leagan.

Síos an bóthar le Daideo agus a scáth báistí nua faoina
ascaill. Bhí Seán Ó Murchú ag péinteáil bhalla a
ghairdín.

'Bail ó Dhia ar an obair,' arsa Daideo. 'Is maith liom
do chuid oibre, a Sheáin. Tá na dathanna go hálainn.'

'Go raibh maith agat, a Dhaideo,' arsa Seán. 'Obair
chrua is ea í.'

Slup! Leag scáth báistí Dhaideo an canna péinte buí.
Slap! Tharla an rud céanna don channa péinte corcra.
   'Fan ort ....,' arsa Seán Ó Murchú.
   'Ó, ní thig liom fanacht,' arsa Daideo, 'caithfidh mé
dul ag siúl agus mo scáth báistí nua liom.'

'Dia dhuit, a Bhean Uí Raghallaigh,' arsa Daideo. 'Nach luath atá tú ag siopadóireacht ar maidin. Osclóidh mise an geata duit.'

'Ach, a Dhaideo, ...' arsa Bean Uí Raghallaigh nuair a thug sí faoi deara go raibh an bosca dramhaíola i mbaol.

'Ní gá buíochas a ghabháil liom,' arsa Daideo. 'Comharsa mhaith mé, sin uile.'

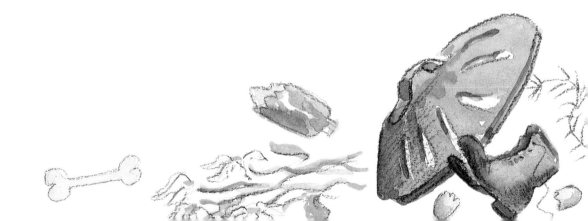

'Nach gleoite an madra é,' arsa Daideo.

'Nach gleoite an cailín í,' arsa Rónán leis féin.

'Haló, a chréatúir,' arsa Daideo agus chrom sé chun maidrín Shíle a chuimilt.

Bop! Léim na cnaipí ar ghealasacha áille Rónáin.

'Húp!' arsa Rónán.

'Hí-hí!' arsa Síle agus í ag sciotaíl.

'Dia dhuit, a Mhicí,' arsa Daideo. 'Glan na fuinneoga sin go maith.'

'Aire dhuit, an dréim ...' arsa Micí de bhéic.

Beadúnc! Thit an dréimire.

Slap! Doirteadh an buicéad uisce anuas ar chloigeann Phádraig.

Splonc! Briseadh na huibheacha a bhí sa chás aige.

'Cabhair!' arsa Bean Uí Luanaigh agus thit a mála siopadóireachta uaithi.

Níos faide síos an tsráid bhí seanchara le Daideo agus é
ag deargadh a phíopa.

'Bíodh ciall agat, a Liam,' arsa Daideo. 'Tá tú ag lot
na scamhóg agat leis an bpíopa bréan sin. Tá an t-aer úr
i bhfad níos fearr duit.'

'Hé,' arsa Liam nuair a leag scáth báistí Dhaideo an lasán as a lámh. Cár thuirling sé ach ar ráille de ghúnaí nua.

Fisssssss! an fhuaim a tháinig astu agus iad trí thine.

Níor thug Daideo an colún deataigh ina dhiaidh faoi deara.

'Dia dhaoibh, a mhná uaisle,' arsa Daideo le Bean de Faoite agus Bean de Brún. Bhí an bheirt acu ag cniotáil.

'Tá obair mhór ar bun agaibh,' arsa Daideo. 'Caithfidh go dtógann sé tamall fada scaifeanna mar sin a chniotáil.'

'Tógann, gan dabht,' arsa an bheirt acu.

'Fan ort!' arsa Bean de Brún.

'Nóiméad amháin!' arsa Bean de Faoite. 'Ár gcuid olla!'

'Ní féidir liom moill a dhéanamh,' arsa Daideo. 'Tá mé ag dul ag siúl. Tá scáth báistí nua agam.'

'DÓITEÁN!' a bhéic Peadar isteach sa teileafón. 'An bhriogáid dóiteáin go tapa!'

Timpeall an chúinne bhí Bean Uí Dhúill ag obair ar a bosca fuinneoige.

'Ó, nach álainn iad na bláthanna earraigh atá agat. Caithfidh go bhfuil tú bródúil astu.'

'Tá, go deimhin,' arsa Bean Uí Dhúill agus rinne sí meangadh gáire.

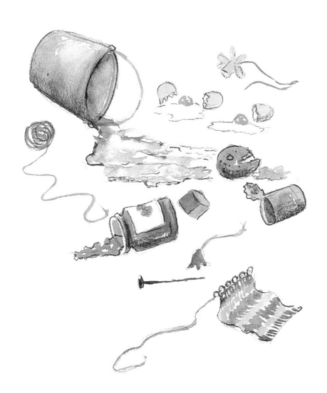

Pleannc! B'in é an fhuaim a rinne an bosca fuinneoige
nuair a leag scáth báistí Dhaideo ar an talamh é.

'Íííííííííííííí!' a scread Bean Uí Dhúill nuair a chonaic sí
a bláthanna áille á mbriseadh agus á mbascadh.

'Ní féidir liom fanacht,' arsa Daideo. 'Tá mé ag dul ag
siúl. Nach bhfeiceann tú go bhfuil scáth báistí nua
agam.'

'Oráistí breátha,' arsa Daideo agus é ag gabháil thar an siopa glasraí. Níor thug sé faoi deara gur scaip an scáth báistí iad ar fud na háite.

Bhí Séamas Óg ag tiomáint leis ar a ghluaisrothar nua.

'Ó, a Shéamais Óig,' arsa Daideo, 'tabhair aire duit féin ar an ngléas nua sin.'

Ní fhaca sé na horáistí in am. Rinneadh praiseach de na horáistí ar fud an bhóthair.

Beadúnc! Leagadh an gluaisrothar.

'Ó, mallacht air sin!' a bhéic Séamas Óg.

'Sa bhaile faoi dheireadh,' arsa Daideo.

'An raibh siúlóid dheas agat, a chroí?' a d'fhiafraigh a bhean, Dóirín.

'An-deas ar fad,' arsa Daideo.

'Aon rud suimiúil sa bhaile mór?' d'fhiafraigh sí.

'Dada,' arsa Daideo. 'Dada ar bith.'